全新升级版

空气

KONGQI

U0229352

台湾牛顿出版股份有限公司　编著

接力出版社
Publishing House

桂图登字：20-2016-224

　　简体中文版于 2016 年经台湾牛顿出版股份有限公司独家授予接力出版社有限公司，在大陆出版发行。

图书在版编目（CIP）数据

空气／台湾牛顿出版股份有限公司编著．—南宁：接力出版社，2017.3（2024.1重印）
（小牛顿科学馆：全新升级版）
ISBN 978-7-5448-4761-2

Ⅰ.①空⋯　Ⅱ.①台⋯　Ⅲ.①空气-儿童读物　Ⅳ.①P42-49

中国版本图书馆CIP数据核字（2017）第029223号

责任编辑：程　蕾　郝　娜　美术编辑：马　丽
责任校对：杨少坤　责任监印：刘宝琪　版权联络：金贤玲
社长：黄　俭　总编辑：白　冰
出版发行：接力出版社　社址：广西南宁市园湖南路9号　邮编：530022
电话：010-65546561（发行部）　传真：010-65545210（发行部）
网址：http://www.jielibj.com　电子邮箱：jieli@jielibook.com
经销：新华书店　印制：北京瑞禾彩色印刷有限公司
开本：889毫米×1194毫米　1/16　印张：4　字数：70千字
版次：2017年3月第1版　印次：2024年1月第11次印刷
印数：121 001—129 000册　定价：30.00元

本书地图系原书插附地图
审图号：GS（2023）3068号

　　质量服务承诺：如发现缺页、错页、倒装等印装质量问题，可直接联系本社调换。
　　服务电话：010-65545440

目　录

写给小科学迷

　　空气虽然看不见摸不着，却时时刻刻环绕在我们身边。快想想，有什么方法可以证明空气的存在呢？我们不能片刻没有空气，大脑如果缺氧超过30秒，会导致脑细胞停止活动，甚至造成脑死亡。近年来由于工业发展，造成了严重的空气污染，不但危害人体健康，而且造成了温室效应、酸雨等问题，严重影响自然生态。空气对生物非常重要，该怎么防治、改善空气污染，是当前人们亟须面对的重要课题。

看不见摸不着的空气

　　空气是一种无色、无味，也没有固定形态的混合气体，地球的外围便是一层厚约 1000 千米的大气层，我们就生活在大气层的底部。虽然我们看不见也摸不着空气，可是它确实存在，你知道它躲在哪儿吗？

空气躲在海绵里?

哈!空气在这里!

果汁怎么流不出来呢?

这些小泡泡里就是空气吗?

酵母菌生"气"了

酵母菌是一种单细胞菌类，体积非常非常小，必须用显微镜才看得见。可是小归小，它生起"气"来，可是很吓人的哟！瞧，它把气球变大了！

窄口瓶

气球

澄清石灰水

糖

酵母粉

150 毫升的温水

1.把酵母粉和糖放入窄口瓶中，再慢慢倒入 150 毫升的温水。

2.把气球套在瓶口上，充分摇晃瓶子。

4

酵母粉是酵母菌制成的，到达一定温度后便开始分解糖类，并产生二氧化碳气体使气球鼓起。经过科学家反复验证，澄清石灰水遇到二氧化碳会变混浊，这是测试气体是不是二氧化碳的方法之一。

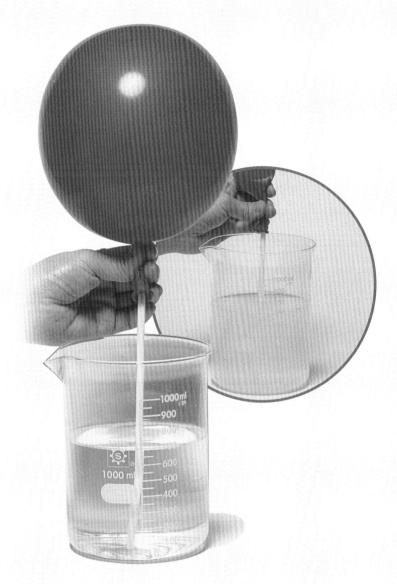

4. 捏紧气球，并在气球口部接上一根管子，将管子的另一端放入澄清石灰水中，然后再松开气球，结果石灰水变混浊了。

3. 约半个小时后，气球变大了。

古人认为空气只由一种物质组成，直到200多年前才有科学家认为空气是一种混合物，其中最早被发现的是二氧化碳。18世纪苏格兰化学家布莱克发现在石灰岩上加酸、加热，会产生一种气体，这种气体便是二氧化碳。

性格沉稳的君子 —— 氮气

空气成分中有78%是氮气，它性质稳定，不会助燃，是自然界中的重要角色。植物吸收了氮元素，转换为组成蛋白质的原料，动物再从植物身上取得蛋白质来维持生命。此外，制造肥料、染料、炸药时，氮也是不可或缺的。目前许多含氮化合物，已成为工业与电子产品生产不可或缺的材料，半导体、绝缘体、镀膜材料中都有氮元素。如今氮元素被更广泛地运用，氮的地位就更重要了。

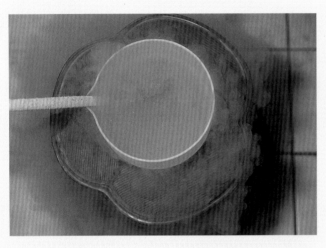

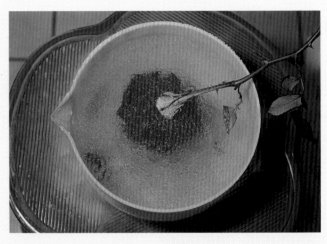

1.1个标准大气压下，零下195.8摄氏度时，氮呈液态状，由于温度极低，很容易造成冻伤。

2.将玫瑰花放入液态氮中，由于玫瑰花的温度较高，液态氮因吸收玫瑰花的热而温度骤升，好像沸腾一般。

1个标准大气压下，当温度降至零下190摄氏度时，空气会变成液态，氮则在零下195.8摄氏度时才会成为液态。许多物体一接触到液态氮，会快速冷却而变得较硬、较脆。

3.玫瑰花取出后，轻轻一碰，就碎了。

氮的循环

自然界中的雷电会使空气中的氮转变为含氮化合物。

动物从植物身上摄取蛋白质来维持生命。

与豆科植物根部共生的细菌，也可以将空气中的氮合成含氮化合物，供给植物养分，植物吸收后转变成组成蛋白质的原料。

动物死后，含氮化合物又会分解为气体，回到空气中。

大气的成分

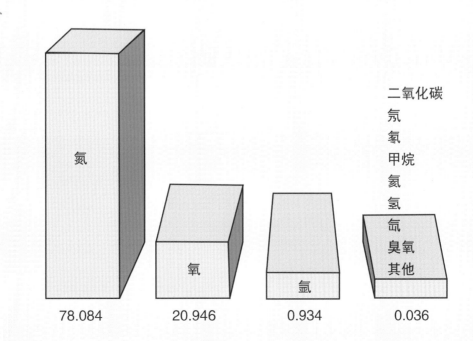

二氧化碳
氖
氦
甲烷
氪
氢
氙
臭氧
其他

氮	氧	氩	
体积（%）			
78.084	20.946	0.934	0.036

不可或缺的氧气

我们受伤时，在伤口上涂双氧水（过氧化氢溶液），会出现白色泡沫，这些泡沫里的气体就是氧气。

氧气是我们最熟悉的气体，它不仅可以帮助燃烧，而且还是生物生长所需的重要气体呢！

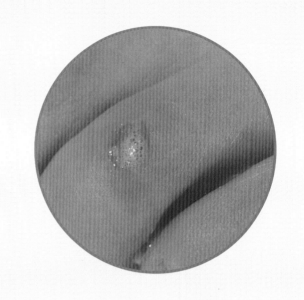

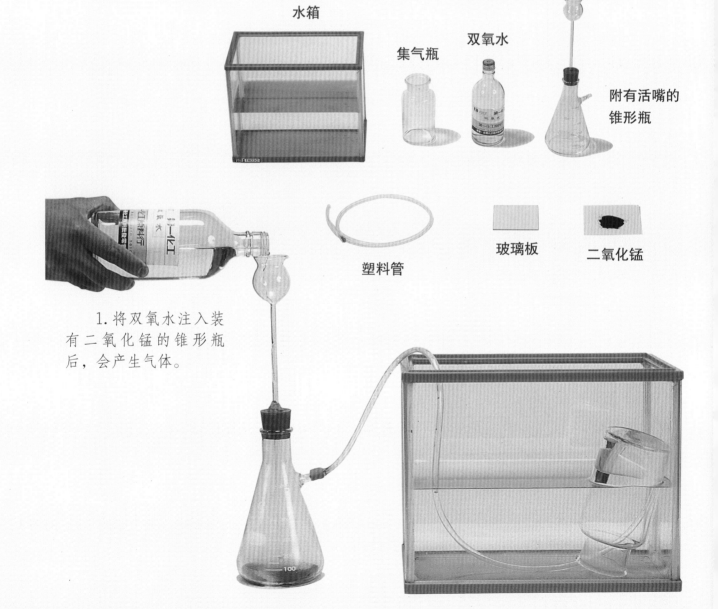

水箱

集气瓶

双氧水

附有活嘴的锥形瓶

塑料管

玻璃板

二氧化锰

1. 将双氧水注入装有二氧化锰的锥形瓶后，会产生气体。

2.气体经塑料管进入集气瓶，集气瓶中的水便被排开了。

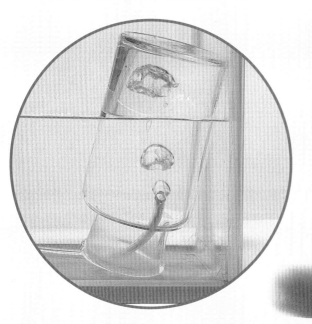

1772 年，瑞典化学家舍勒发现：物质燃烧时空气会减量，由此他认为空气中有一种气体参与燃烧，便把这种气体称为"火空气"。

1774 年，英国科学家普里斯特利发现：氧化汞受热时，会放出一种气体，这种气体可以使烛火烧得更旺、更亮。

二人都是在偶然间发现氧的存在，但直到 1777 年，才由法国化学家拉瓦锡正式命名为"氧"。

3.用玻璃板封住集气瓶，从水中拿出。

4.将快熄灭的线香放入集气瓶中，线香又开始燃烧了。

懒惰的一群

空气中除了氮、氧和二氧化碳以外，还有一些很特殊的成分，由于它们的量很少，所以被视为稀有气体；又由于它们很不容易和其他物质发生反应，因此又被称为"惰性气体"或"钝气"，它们是氦、氖、氩、氪、氙、氡。

氡因为具有放射性，较少被应用，其余5种惰性气体，在LED灯被发明出来之前，常被装入霓虹灯管里。通电之后，氖会发出淡红色或黄色的光，氖会发出红光，氩会发出蓝色的光，氙发出的光和阳光的颜色相近，这些五颜六色的光把夜色点缀得更美丽。

氦是除了氢以外最轻的元素，遇火也不会爆炸起火，因此常用来填充气球或飞艇。

空气有多重?

　　空气有质量吗?当然有!在 4 摄氏度时,每立方米的水的质量是 1000 千克,而每立方米的空气的质量却只有 1.293 千克,这就是为什么水里的空气总是往上冒了。你不妨量量看教室有多大,算出体积后,就可以知道教室里的空气有多重了。

先称一称空的气压式喷水壶的重量，然后压入空气，直到再也压不下去为止，再称一次重量，看看两者的重量有什么变化。结果发现喷水壶的重量变重了，而增加的重量便是压入空气的重量。

好重的大气压力

地球上空气的总重量约 5000 兆吨，地球表面的大气压力每平方厘米约为 10 牛顿，而人体的表面积大约是 20000 平方厘米，换句话说，我们每个人都承受约 20 万牛顿的力，可是为什么我们都没有感觉呢？

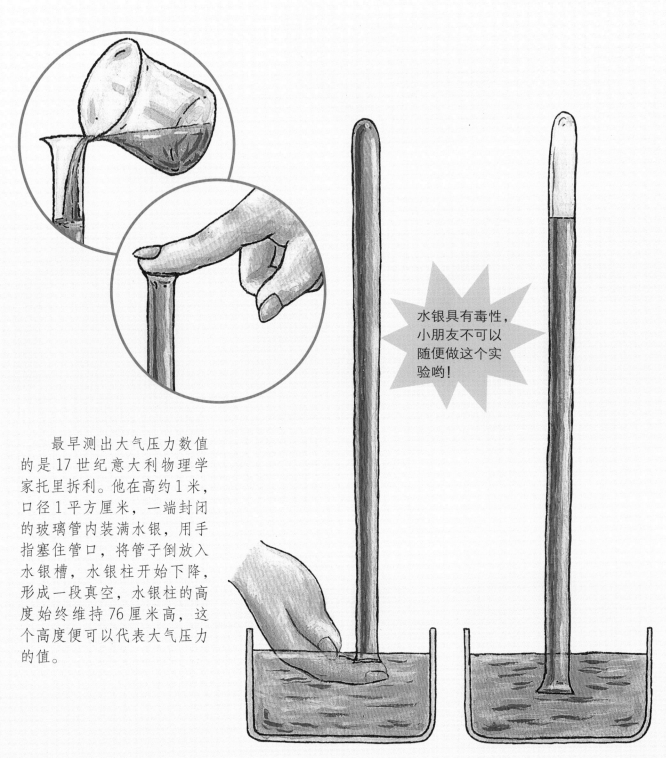

水银具有毒性，小朋友不可以随便做这个实验哟！

最早测出大气压力数值的是 17 世纪意大利物理学家托里拆利。他在高约 1 米，口径 1 平方厘米，一端封闭的玻璃管内装满水银，用手指塞住管口，将管子倒放入水银槽，水银柱开始下降，形成一段真空，水银柱的高度始终维持 76 厘米高，这个高度便可以代表大气压力的值。

　　大气压力是指单位面积上所承受的大气重量，通常将在海平面所测量的每平方厘米承受空气的压力称为"1个标准大气压"。人体的上下左右都承受大气压力，由于这些大气压力彼此抵消，而且人长年生活在这种环境中，早已习惯，因此察觉不到大气压力的存在。

空气压力

你玩过气枪吗？你知道气枪和下面这个实验有什么关系吗？

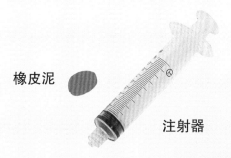

橡皮泥

注射器

1.将注射器充满空气，接合注射器的针头部分用橡皮泥封紧后，用力压注射器，并注意注射器上刻度的变化。

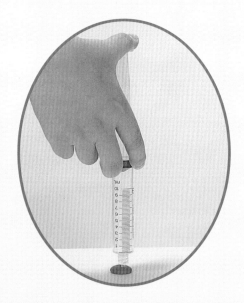

2.手放开后，注射器又退回原来的位置。把橡皮泥拿开，再用力压，结果会如何呢？

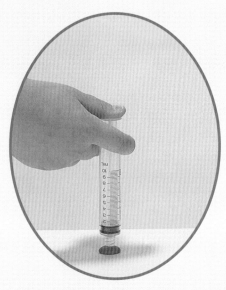

一端堵死的注射器内空气受到挤压，体积会变小，气体压力变大，并形成一股冲力。当这股力量够大时，会把橡皮泥弹射出去。但是，当橡皮泥被桌面挡住，无法弹射出去时，只要一松手，空气压力就会弹开注射器活塞，让空气恢复到原来的体积。

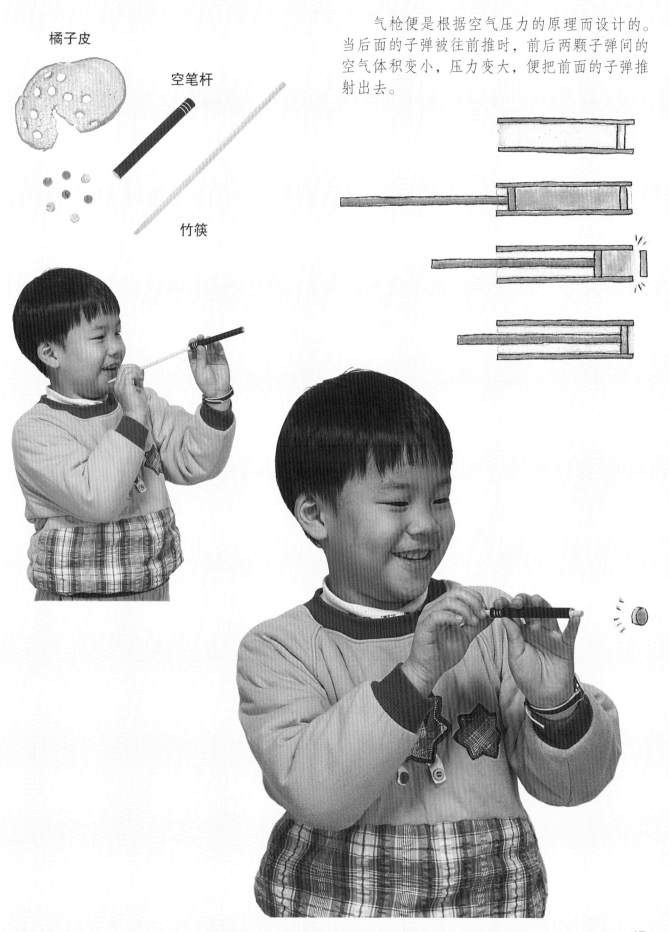

橘子皮

空笔杆

竹筷

气枪便是根据空气压力的原理而设计的。当后面的子弹被往前推时，前后两颗子弹间的空气体积变小，压力变大，便把前面的子弹推射出去。

空气压力帮的忙

在我们的日常生活中，有很多东西的设计，都与空气压力有关，例如喝铝箔包装饮料、倒出茶壶里的水，还有热汤碗上的小洞、吸盘、按压瓶和吸尘器的设计等。

用盖碗盛热汤，碗中含有水蒸气，在变冷的过程中，碗里面的空气体积慢慢缩小，使得碗内空气的压力比外面小，因此碗盖不容易打开。这时用力压碗盖的边缘，使碗盖和碗之间产生缝隙，空气跑进碗里，当内外压力一样时，盖子就打得开了。

用吸管喝果汁时，实际上是我们把吸管内的空气吸走后，使吸管内的压力变小，吸管外的大气压力便挤压果汁，果汁就会沿着吸管上升，于是我们就喝到果汁了。

将茶壶盖上的小孔堵住，茶水倒出前，壶内外大气压相等，倒出一些茶水后，壶内空气的体积变大，壶内压力变得比壶外的大气压小，导致水无法顺畅流出。

伯努利定理

液体或气体流动速度较快的地方压力较小，流动速度较慢的地方压力较大，这项定理是由瑞士数学家伯努利提出的。

扫一扫，看视频

飞机不会掉下来
——伯努利定理

把乒乓球放在吹风机口，打开开关后，乒乓球会被吹起，并停留在空中，不会掉落，这就是伯努利定理的体现。

运用伯努利定理，你能把乒乓球从第1个杯子吹到第2个杯子吗？

20

空气大力士

你相信一个扁扁的气球,可以推动这一堆书吗?

扫一扫,看视频

气流小实验

1.把气球放在书堆下,用力吹气。

2.书真的被推起来了!

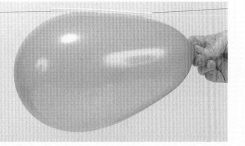

用胶带把吸管固定在吹足气的气球上,将细绳穿过吸管后,两端固定。

放开气球,气球便飞似的往前冲。

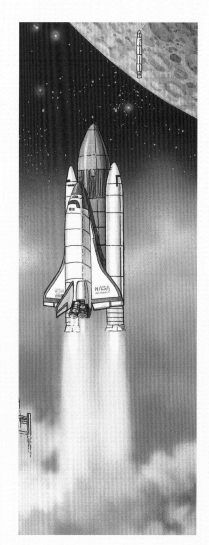

根据牛顿第三定律,气球释放出空气时会产生一股反作用力,促使气球往前跑。火箭也是利用燃料燃烧后,产生大量气体的反作用力来发射升空及加速前进的。

21

世纪之毒——二噁英

1999年6月，比利时传出了鸡、牛、羊等家禽、家畜饲料被"世纪之毒"——二噁英污染的事件，而相关的乳制品也受到影响，这个令人闻之色变的事件，究竟是怎么发生的？二噁英对我们的生活又会造成哪些影响？

比利时二噁英污染的过程

原本载运工业用油的油罐车受到二噁英污染，后来又运载动物用油脂，并制成饲料。

只是一个小小的疏忽，竟然造成那么严重的伤害。二噁英毒素真是可怕呀！

人们吃了过多含有二噁英毒素的食品，就会影响身体健康。

动物吃下含有二噁英的饲料，毒素会累积在体内，而且还会把二噁英带给幼崽，使这些家禽、家畜成为污染源。

用含有二噁英毒素的家禽、家畜，制成火腿、肉干、奶粉、乳酪和奶油等食品，这些食品便含有二噁英毒素。

为何会产生二噁英?

二噁英化学结构相当稳定，即使进入土壤中，经过 10—30 年仍具有毒性，一旦进入动物或人的身体，二噁英的毒性还会一直累积，并且无法排出体外。事实上，造成二噁英污染的原因不只来自饲料，以我们的生活来说，使用含铅汽油、以氯漂白纸浆的过程、燃烧废塑料，甚至连焚化炉排放的废气都会产生二噁英。

焚化厂燃烧未分类垃圾，所排放的废气，会影响附近植物的生长。

露天堆放没有经过分类混杂塑料的垃圾，如果燃烧起来，就会产生二噁英。

焚化厂燃烧塑料垃圾会产生二噁英。

拒绝二噁英带来的恐慌

　　人吃下过多的二噁英毒素后，会患上癌症、糖尿病和生殖系统、内分泌、免疫力方面的疾病。二噁英破坏神经系统及肝、肺、肾等的机能，甚至引起行为异常，造成学习障碍，影响智力的发展。而二噁英又是一种很容易累积在脂肪中的毒素，因此在受到二噁英污染的国家警报尚未解除之前，不要食用从这些国家进口的肉和乳制品，就可以减少摄取到二噁英的机会，避免受到伤害。

均衡饮食还是很重要的哟！只要少吃高脂食品，二噁英就会远离你了。

只要认清产地，牛奶、乳酪等还是很健康、营养的食品。

防止二噁英污染

其实防止二噁英污染的根本方法，必须要从日常生活中做起，因为有许多产品在制造过程中，会将二噁英释放到环境里，而燃烧塑料更是二噁英污染的元凶，因此做好垃圾减量和分类，就能减少二噁英的产生。

纸类

使用不经漂白的再生纸。因为一般以氯做漂白原料的纸浆，在制造时会产生二噁英。

铁、铝类

回收铁、铝类物品，减少塑料使用量，间接减少二噁英污染。

塑料类

多利用购物袋，少用塑料袋，做好塑料资源回收，以免被送入焚化炉燃烧，产生二噁英。

玻璃类

尽量购买玻璃容器盛装的食品，减少塑料器皿的使用。

严重的空气污染

近几年来，道路上的汽车数量激增，汽车已成为普通大众的交通工具，尤其在上下班高峰时刻，街道上汽车大排长龙。这么多的机动车，不但造成严重的空气污染，而且报废的机动车若是任意闲置也会造成环境污染。幸好很多汽车制造厂商，正积极地投入零件回收及如何降低空气污染的研究，努力为我们生存的环境尽一份心力。现在，我们一起来看看报废的汽车如何回收，以及会对环境造成的影响。

回收厂人员正在将可回收的零件拆下。

将报废汽车可回收的零件都拆卸下来后，就可以将车体解体、压碎、再熔解，制成另一种产品。

回收的塑料零件可制成砖、花盆和塑料椅。

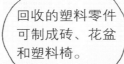

汽车回收真是改善环境的良方，还可减少资源的浪费！

现在有全车都可以回收的"绿色"汽车，真有环保观念。

图片来源：台湾通用传动机械股份有限公司

27

惊人的机动车密度

如今，地球上的机动车越来越多，车辆密度越来越大，污染也越来越严重。让我们一起来瞧瞧以下国家和地区的机动车密度吧！

28

机动车尾气

机动车数量快速增长是都市空气污染加重的主要原因。机动车排出来的尾气，对人体的健康有很大的影响。

废弃车辆何处去?

机动车回收，不但可以使零件重复使用，或再制成他物有效利用，还可减少环境污染。

在美国有94%的废弃车辆被回收或再使用。在北美，汽车拆卸商约有12000家，而汽车压碎商则超过200家。

资源回收管理基金管理委员会

1998年，中国台湾成立了"资源回收管理基金管理委员会"，处理废弃机动车回收的业务，对环境有很大的帮助。

在美国，每年通过汽车回收可得到1100万吨的铁，及80万吨的非铁资源，减少了资源的浪费。

铁
11,000,000吨

非铁资源
800,000吨

为了保护我们的生活环境，机动车零件可以回收的越多越好哟。如果有人要买车，别忘了提醒他，要买符合环保标准的"绿色"机动车。

如何降低机动车尾气量？

既然机动车所排放的尾气是都市空气污染的主要来源，我们可以为防治空气污染做些什么呢？

1. 定期保养车辆。

2. 为机动车装上"三元催化器"，使排放出来的污染物转化成无害的气体。

根据调查显示，装有三元催化器的汽车所排放的尾气量是没装三元催化器汽车的1/10。

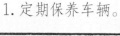

4. 用液化气作为机动车的燃料。

3. 使用无铅汽油。

95无铅汽油　92无铅汽油

装有三元催化器的机动车，不可使用有铅汽油，否则不但会阻塞三元催化器，也会加重排气污染。

这样可以减轻机动车所造成的空气污染，再加上报废汽车的回收再利用，也可大大降低环境污染。

5. 购买符合环保标准的"绿色"机动车。

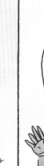

妈妈的小聪明

　　在冷飕飕的寒冬里，只要太阳公公一探头，妈妈就会把棉被拿出来晒，你们知道为什么吗？因为棉被是用棉花、羊毛或蚕丝填充而成的，它们都很松软，纤维和纤维间的空隙能保留许多空气，这些空气可以隔绝外面的冷空气，使我们感到温暖。而被子盖久了，被子里的空气会被压出，隔绝的效果就变差，再加上人体的汗水和空气中的湿气也会跑进纤维内，使棉被变得又重又硬，又不保暖。暴晒后的被子，纤维会重新松开，水分也会蒸发，棉被就会变得轻软、有弹性，恢复保暖的功能。

靠鼻子工作的闻臭师

　　根据古书的记载，古时候有人非常喜欢闻臭味；在现代，也有这种人存在，不过，那可不是他们的兴趣，而是他们的工作。有了他们，我们的生活环境品质又多了一层保障。他们究竟是谁呢？原来他们就是保护环境的义务工作者——闻臭师。

一张罚单

　　小黑的父亲经营化学工厂，最近收到环保机构开的一张空气污染罚单。小黑的父亲觉得不合理，于是这一天，小黑便跟父亲来到环保机构。

　　走进科长的办公室，科长正在和一位先生谈话。

　　"对不起，请问您是不是陈科长？"小黑的父亲问。

　　"是的，请问您有何指教？"

　　"事情是这样的，我开的化学工厂一向都很注重污染的问题，可是前几天我收到你们开的罚单，说我的工厂排出的废气太臭了，这没道理嘛，哪有废气不臭的？我想，一定是有人故意找我麻烦！"小黑的父亲气呼呼地说。

　　"您先别生气，坐下来慢慢聊。"陈科长说，"我们的责任是监督民众生活环境的品质，确保民众的身体健康。如果工厂，甚至一般家庭所排出的废气、污水已经达到污染环境的程度，我们就会要求对方改善。"

　　"可是我的工厂所排出的气体，只是有点味道而已，对人体是不会有害的呀！"小黑的父亲说。

"或许不含对人体有害的物质，但是如果气味太浓，造成人体的不舒适，也是构成污染空气的条件。"陈科长说。

"可是每个人可以忍受气味的程度不同，那又如何判断气味是不是太浓了呢？"小黑插嘴道。

"小朋友，你这个问题问得很好。通常我们是在接到民众投诉之后才进行测试的，

图片来源：九州出版社（中国台湾）

测试的过程是先采集样本，再请闻臭师来闻，根据所闻出的结果，再利用公式换算，如此一来，我们便可以确定是否超过安全标准了！"陈科长回答说。

"闻臭师？有人喜欢闻臭的东西啊？"小黑问。

"不是喜欢，而是一种工作，是义务也是一种荣誉。"本来一直没开口、坐在一旁的那位先生说话了。

保护环境的义工

"刚好，这位便是环保机构委托的闻臭师林辉河先生，由他来说明是最恰当不过了。"陈科长说。

"林叔叔，您可不可以告诉我，您是怎样闻出臭味的？"小黑问道。

"一般是由环保机构的同事将空气样本采集回来以后，稀释成不同的浓度，由我们一一来闻，直到闻不出味道为止。再将所得的结果利用公式换算，就可以知道这个空气样本的臭味程度了。"林先生回答。

"这么麻烦啊？那么您的鼻子一定很灵？"小黑问。

"那也不一定，嗅觉太灵敏或太迟钝的人，都不适合做这项工作，反而是嗅觉正常的人比较适合，毕竟我们代表的是普

通大众啊！”林先生说。

"对！这就是为什么每次闻臭前，我们都会要求闻臭师们不要熬夜、酗酒或是吃刺激性的食物，同时也不要抽烟或化妆，这样才不会影响到测验时的公正性。"陈科长说。

"不只是这样，每次闻臭前，环保机构还会给我们做一次测验呢！"林先生说。

"哦？那是怎样的测验呢？"小黑问。

工作时一丝不苟

"每次闻臭是由一组6个人参加，在正式闻臭以前，同事会拿5根纸棒，其中只有3根纸棒沾过有味道的物质。我们闻过后，要说出是哪3根，都说对了，才能参加此次的闻臭工作。

"闻臭时，同事首先会将采集来的空气样本稀释成10倍，放入透明的塑料袋里，另外有两个塑料袋里装的是普通的空气，然后我们要闻出哪一个袋子里的空气是有味道的，并记录下来。以同样的方式，再将空气样本稀释成30倍、100倍……直到几乎闻不出味道为止，环保机构的工作人员再把6个人的答案纳入换算公式中，如此便可以知道这个空气样本是否超过污染标准了。"林先生说。

"原来还要经过这么复杂的测试啊！"小黑的父亲说。

"您现在了解环保机构是不会随便错怪好人的吧？"陈科长笑着说。

"我知道了，其实错怪好人的是我呀！我回去后一定要解决我工厂的排气问题。"小

黑的父亲不好意思地说。这时候小黑也一本正经地走到林先生面前说："林叔叔，谢谢您告诉我检测的过程，我将来也要做一个闻臭师。"

"只要你有兴趣，就让我们一起来为保护环境努力吧！"

成语中的科学——天罗地网

"罗"是用来捕鸟的网子，"天罗地网"这个成语是形容布置非常严密，令人无法逃遁。我们可以说：警方设下了"天罗地网"，决心要逮捕这个歹徒归案。

你相信吗？我们每个人也随时受到"天罗地网"的包围，只是这层"天罗地网"无色、无臭、无味，摸不着，抓不到，但它却是百分之百存在的，我们只要失去它几分钟，就会丧失宝贵的生命！

这层"天罗地网"就是空气。

空气是由一些气体混合而成的，其中最重要的气体是氮气和氧气。氮气约占了78%，氧气约占了21%，剩下的大部分是氩气，另外还有微量的其他气体。

空气虽然看不见摸不着，却有重量。我们身体的每一部分都在承受空气重量所造成的压力，也就是"大气压力"。由于这个压力在我们的身体内外互相抵消了，所以我们才没有被压扁。

看故事，学物理——烽火戏诸侯

　　2700 多年前，是中国历史上有名的昏君——周幽王统治时期，当时发生了好几次严重的地震，民不聊生。幽王却一点儿也不在意，不理政事，只知道成天和一个叫褒姒的美人游玩。

　　美丽的褒姒总是不笑。幽王为了逗褒姒开心，挖空心思，不知道用了多少方法。有一天，幽王的臣子突然想到一个好点子。周幽王带褒姒来到城墙上，下令在烽火台燃起烽烟。这烽烟是在敌人来临时，天子通知诸侯带兵来救援的信号。四方诸侯看到烽烟升起，都以为国都有危险，赶紧带领大批兵马向国都冲去。一时之间，千军万马聚集在城墙外，却只见天子和天子身边的美人，笑得前仰后合。哪儿有什么敌人呢？

　　以后，幽王便隔三岔五地用烽烟召集诸侯，取悦褒姒。愿意赶来的诸侯越来越少。有一天，敌人真的兵临城下，当烽烟再度燃起时，已经没有诸侯相信，愿意赶来营救幽王和褒姒了。

为什么烟会往上升?

　　烟是由燃烧时产生的热空气和没有燃烧完全的固体小粒子所组成的。我们看不到热空气，只看得见灰灰的黑黑的，或是白白的固体小粒子。这些热空气与四周的冷空气相比，温度高、密度小。如果体积相同，热空气会比冷空气轻。由于热空气密度小，冷空气密度大，所以冷空气会下沉，热空气会上升。热空气上升的时候，会把固体小粒子也一起向上推，所以我们能看见烟不断地往上升。

白色烟雾中，含有许多没有燃烧完全的固体小粒子，一起升空。

古代交通不便，也没有电话。如果发生紧急军事情况，会燃起烽火，利用烽烟向远方的人传达消息。

紧急集合!

热空气的运用

中国和西方的古人，都有利用热空气的发明。只要能把热空气包起来，就能让热空气带人或物飞到天上。

热气球是以液化气做燃料，产生热空气，让热空气带气球上升。

每年元宵节，我国南方一些地区的人们都会施放天灯许愿。传说天灯是三国时代诸葛亮为了军事通信而发明的联络工具。

热空气吹气球

空气加热后，体积会膨胀，密度会变小。做个简单的实验，就可以明显地观察到这个现象。

1.准备一个耐热的容器，在开口处套上气球。

2.把这个容器浸入滚烫的热水中，稍待一会儿，就会看到气球逐渐鼓起，表示空气加热后，体积膨胀了。

空气游戏

我们四周充满了空气，但是由于空气无色、无味，所以通常不容易察觉空气的存在。其实，很多东西都藏有空气，你能辨别出来吗？

① ② ③ ④ ⑤ ⑥ ⑦

46

观察力大考验

1. 空气无所不在，图①—⑩哪些物品含有空气？（有的请在横线上打✓）

①游泳圈＿＿＿　　⑥硬币＿＿＿
②铅笔＿＿＿　　　⑦橡皮擦＿＿＿
③砖头＿＿＿　　　⑧石头＿＿＿
④海绵＿＿＿　　　⑨方糖＿＿＿
⑤浮石＿＿＿　　　⑩球＿＿＿

2. 下面四个杯子里有没有空气？（有的请在图下打✓）

⑧

⑨

⑩

空气有重量吗

空气当然有重量，每立方米的空气质量约 1.293 千克。我们可以做个小实验，来证明空气是有重量的。

1. 将两个一样大的气球悬挂在棍子两端，由于气球一样重，所以木棍会保持水平。

2. 用针刺破一边的气球，你会发现棍子马上倾斜下来，这是空气跑掉后这一端变轻了，因此证实了空气有重量。

观察力大考验答案
1. 名称物品的几乎都有空气。
2. 四个杯子里面都有空气。

47

怎么知道空气跑掉了

你有过在澡盆中放屁的经验吗？在水中放屁时，是不是会看见一个个泡泡？这些泡泡就是空气哟！空气虽然看不见，但是在水中我们可以观察到空气跑掉的现象。其实，平常也有很多现象，可以让我们知道空气跑掉了。

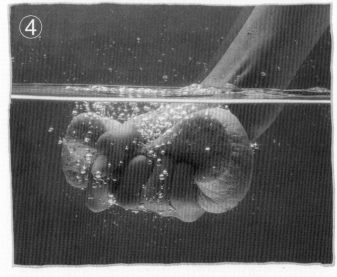

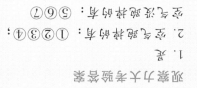

请猜猜看，哪些答案：

1. 是

2. 空气跑掉的有：①②③④；
   空气没跑掉的有：⑤⑥⑦

⑤

如何收集空气

　　准备两个塑料袋，吹满气后分别放入水中，一个用空杯子来收集塑料袋中的空气，另一个则用装满水的杯子来收集塑料袋中的空气，你会发现空杯子里的空气占据了空间，因此，塑料袋中的空气便从杯口旁边跑出来。相反，盛满水的杯子，原本没有空气，但是塑料袋跑出来的空气会把杯中的水挤走，占据原本水的空间而留在杯中。

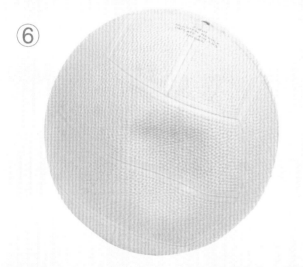
⑥

观察力大考验

　　1. 图①—⑦物品放入水中，都有"泡泡"产生，这些泡泡有的多，有的少，有的大，有的小，它们都是空气吗？

　　　□ 是　　　□ 不是

　　2. 请写出图①—⑦哪些物品空气跑掉了，哪些没有跑掉。

　　空气跑掉的有：

_____

　　空气没跑掉的有：

_____

⑦

好玩的空气玩具

除了吹泡泡、玩气球、气枪玩具外，你还玩过哪些好玩的空气玩具或游戏？快准备工具和材料，照着下面的步骤试一试，你就能拥有两种好玩的空气玩具哟！

吹气鱼

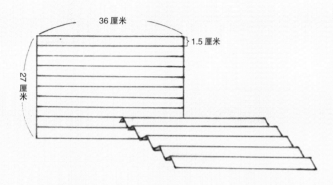

1. 准备一张长 36 厘米，宽 27 厘米的厚纸张，以 1.5 厘米等距离折成波浪形。

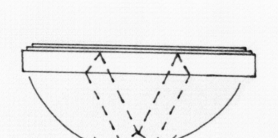

2. 将折好的波浪分为 3 等份，沿如图所示虚线折成三角形。

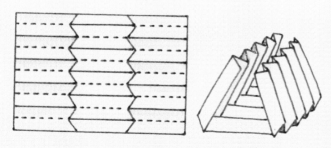

3. 摊开三角形，先折一边，虚线部分向上凸折，实线部分向下凹折。

4. 两边折好后放在硬纸板上，在硬纸板上描出两片鱼的形状，并用剪刀剪下来。剪下用色纸画好的花纹贴在鱼身上，注意鱼鳞要先从鱼尾部分开始粘贴。

5. 将三角形粘贴在鱼身上，并放一段 5 厘米长的吸管，涂上大量的白胶粘紧，让空气只能从吸管的地方跑出来。再把另一片鱼面和三角形的波浪用双面胶粘起来，吹气鱼就完成了。

双手握住鱼尾不停地向外向内闭合，就会有空气从吸管跑出来哟！

飞舞的蝴蝶

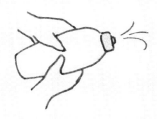

1.找一个软的塑料空瓶，挤压后可恢复原形。

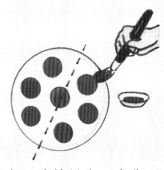

2.准备一次性纸盘，在背面画上瓢虫图案后，再从中间剪开。

3.用色纸把瓢虫的翅膀、眼睛、花纹剪好备用。

4.剪一段2—3厘米的吸管做蝴蝶的身体。用针穿线，线尾打结，在吸管1/3处由里向外穿出，再将用色纸剪成的蝴蝶翅膀贴在吸管上。

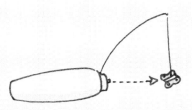

5.在空瓶的瓶口绑上一根铁丝，把蝴蝶的线绑在铁丝顶端。注意蝴蝶的位置，刚好要对准空瓶的出风口。

6.把剪好的眼睛、花纹、纸盘等，用胶水一层一层地贴在塑料瓶上就完成了。

用力挤压瓶身，瓶里的空气吹出来，蝴蝶就会晃动，好像在飞一样哟！

空气也会运动吗？

"咦？怎么有怪气味？"

"一定是大哥又偷偷放屁了。"

"才没有呢！"

"哦——原来是楼下王妈妈的红烧蹄髈烧焦了！奇怪，为什么别人家的烧焦味会传到我们家来呢？"

准备材料

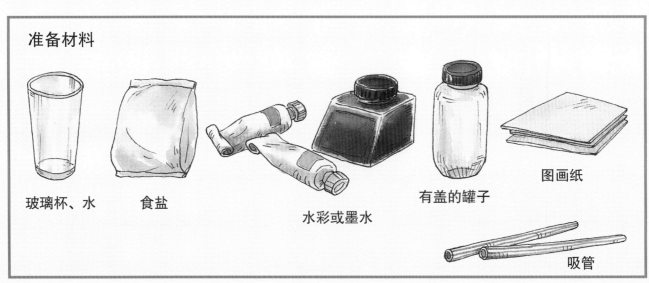

玻璃杯、水　　　食盐　　　水彩或墨水　　　有盖的罐子　　　图画纸

吸管

实验一

1.准备两杯盐水,一杯含盐量较高,另一杯含盐量较低。

2.浓盐水的准备方法就是不断地把食盐溶入水中,直到不再溶解为止。

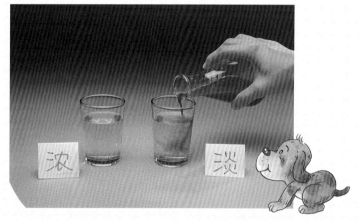

3.另外再准备一杯清水,挤进一点儿水彩或墨水,充分搅拌混合。小心地将混合好的颜料水,分别倒入两杯盐水中,仔细观察两杯水的颜色变化有什么不同?

实验二

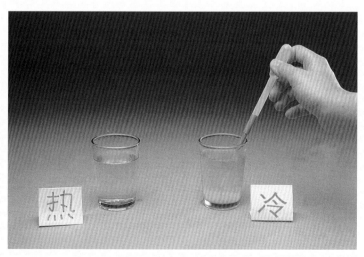

1.准备一杯冰水和一杯热水。

2.颜料水的准备方法同实验一。用吸管吸取一点儿颜料水,分别滴入冰水和热水的水面下,看看颜料在水中的扩散情形是不是一样?

实验三

1.将图画纸剪成长条，纸条的一端用火点燃后，马上放入罐子里，盖好盖子。等火焰熄灭后，罐子内会充满了烟。

小心不要被烧到手哟！

2.在靠近发热灯泡的地方打开盖子，看烟上升还是下降？

由于空气和水可以自由地流动，所以被称为"流体"。为什么它们可以自由流动，不受拘束呢？原来，空气和水都是由许多肉眼看不见的气体分子或水分子所构成，这些分子在平常的状态下会不断地运动、彼此碰撞。这个现象在1827年时，被苏格兰的植物学家布朗发现，所以称为"布朗运动"。

如果在冰箱冷冻室旁打开盖子，烟运动的情形会不会一样？

由于气体分子会不断地做布朗运动，即使室内的空气没有明显地循环，任何味道最后还是会弥漫到整个空间中，使每个角落里的人都闻得到。

这么黏稠，简直动弹不得嘛！

分子做布朗运动的速度会受到流体浓度的影响。浓度越大、越黏稠的流体，分子运动的速度越慢。所以实验一中，颜料水在浓盐水中混合的速度比较慢。如果溶入了过量的食盐，可能静置了数天，也无法完全均匀地混合。

呼！好热哟！快跑，快跑。

温度也会影响布朗运动的速度。温度越高，小分子的运动也就越活跃。所以实验二中，颜料水在热水中扩散的速度会比较快。

同样的道理，实验三中的烟受了发热灯泡的影响，分子的运动速度变快，互相分散疏远，因此烟会往上飘。相反，越冷时，气体分子越密集、越重，所以放在冰箱冷冻室旁的烟会下降。

走马灯表心意

　　妈妈生日的时候，你想送妈妈什么礼物呢？如果你还没想出好点子，不妨试试下面的妙点子，制作一个走马灯送给妈妈。旋转不停的走马灯，就好像妈妈对我们的爱与照顾是永不停止的，我们可以在走马灯上写"妈妈，我爱你"或是画上图案，利用走马灯旋转不停的特性来表达心意哟！

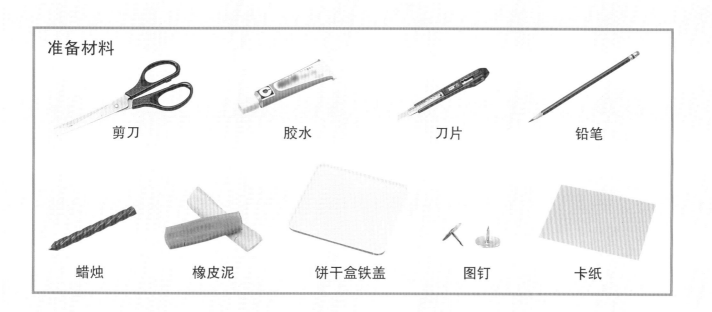

准备材料

剪刀　　　　　胶水　　　　　刀片　　　　　铅笔

蜡烛　　　　　橡皮泥　　　　饼干盒铁盖　　图钉　　　　　卡纸

给亲爱的妈妈～我爱你

哇，走马灯真的在转动！

制作方法

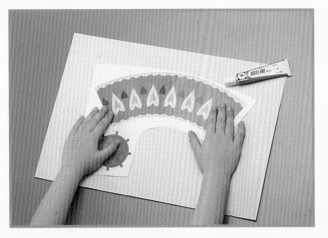

1.剪下第59页的图案，涂上胶水贴在卡纸上。

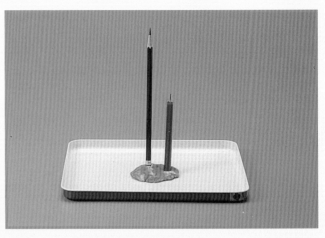

4.在饼干盒铁盖上固定一块橡皮泥，分别插上削尖的铅笔和蜡烛。

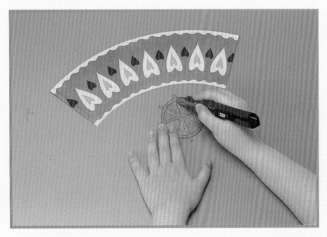

2.沿线剪下卡纸上的图形，用刀片将实线割开，沿虚线往上折。

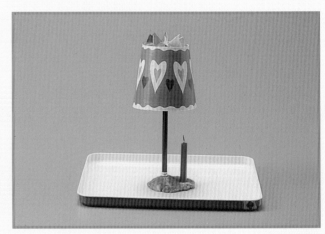

5.将纸灯罩顶部的中心位置，用图钉刺一个小洞，将洞口对准笔芯，放上灯罩。

3.将两个图形粘在一起组成一个灯罩。

点燃蜡烛，走马灯就会慢慢地转动了。

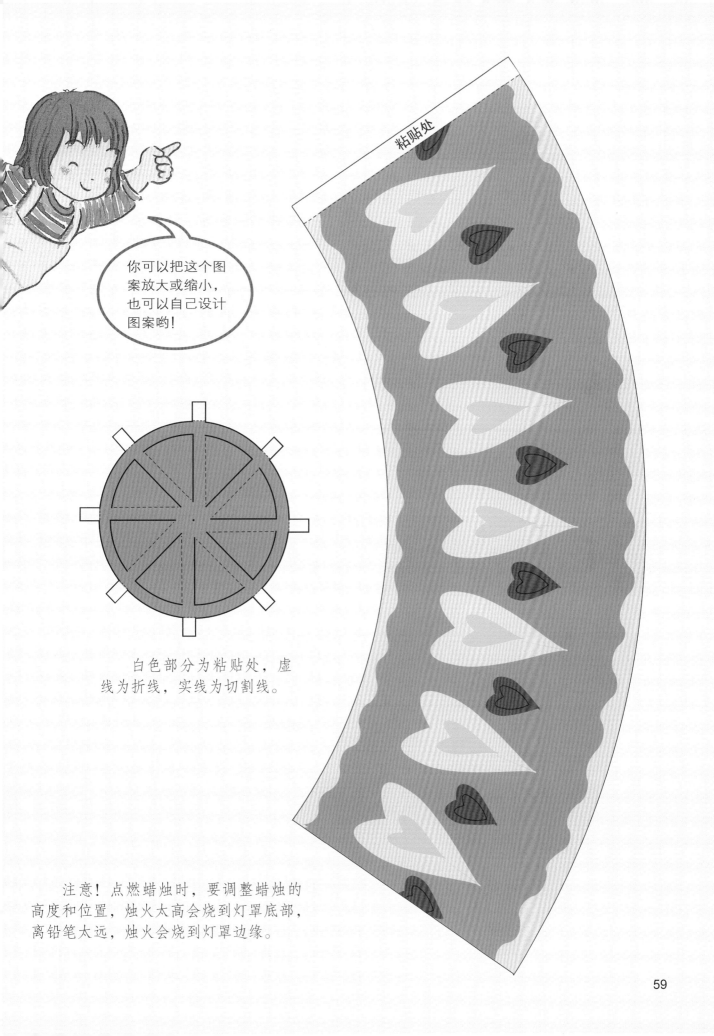

你可以把这个图案放大或缩小，也可以自己设计图案哟！

白色部分为粘贴处，虚线为折线，实线为切割线。

注意！点燃蜡烛时，要调整蜡烛的高度和位置，烛火太高会烧到灯罩底部，离铅笔太远，烛火会烧到灯罩边缘。

粘贴处

别转错方向！

纸杯上扇叶开口方向不同，走马灯转动的方向就会不同。在纸杯上面写字时，要注意走马灯转动的方向，例如写"妈妈，我爱你，生日快乐！"顺纸杯转动的方向，从"妈"字开始，就会逐字出现，但是方向没弄对，字就会反过来哟！

你也可以利用身边常见的纸杯来制作走马灯哟！

走马灯转动的原理

　　走马灯是利用热空气上升的力量而转动的。为什么空气受热会往上升呢？原来气体受热后，气体的分子运动变得激烈，所占的空间也会变大，也就是体积膨胀了。温度每上升1摄氏度，气体的体积大约增加1/273，因此当数量相同的气体分子占有的体积变大后，密度就会变小，热空气就往上升了。

　　因此，电暖炉、壁炉等取暖设备，平常都是放置在接近地面的位置。相反，由于冷空气会往下降，因此空调都装在比较高的地方。

冷气

暖气

小牛顿科学馆